El mono imitamonos

Consuelo Armijo

Ilustraciones de Alfonso Ruano

ediciones **SM** Joaquín Turina 39   28044 Madrid

Colección dirigida por **Marinella Terzi**

Primera edición: marzo 1984

Undécima edición: diciembre 1992

Maqueta: *José González*

© Consuelo Armijo, 1984
 Ediciones SM
 Joaquín Turina, 39 - 28044 Madrid

Comercializa: CESMA, SA - Aguacate, 25 - 28044 Madrid

ISBN: 84-348-1285-1
Depósito legal: M-37401-1992
Fotocomposición: Grafilia, SL
Impreso en España/Printed in Spain
Orymu, SA - Ruiz de Alda, 1 - Pinto (Madrid)

HABÍA una vez
un mono
que se lo pasaba muy bien
subiéndose a los árboles
y colgándose de sus ramas.
Unas veces
se colgaba con las manos
y otras con los pies.

Y cuando oscurecía
y muy bien no se veía,
el mono parecía
un pijama puesto a secar.
Este mono
era un mono muy imitamonos.

Que un mono se comía un coco,
pues él se comía otro.
Que su madre chillaba,
pues a chillar él también.
¡Y hay que ver
lo bien que sonaba!

Un día hizo mucho viento
y el mono se asomó
entre las ramas
para que le diera en la cara.
    Luego,
se colgó de una de ellas
y el viento que pasaba
lo columpiaba.

    En esto,
el mono se puso
a imitar al viento:
    —¡Uuuuuuuuuu!
—decía mientras corría y corría.
    —¡Uuuuuuuuuu!
—seguía el mono,
ya solo,
cuando el viento,
cansado,
dejó de soplar.
    —¡Uuuuuuuuuu! ¡Uuuuuuuuuu!

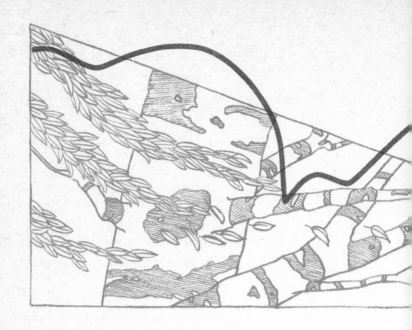

Y tan bien, tan bien
le salió,
que un árbol distraído
movió las ramas
cuando él pasó.

Y corre que corre,
y corre que te correrás,
el sitio donde vivía
pronto dejó atrás.

Y entonces pasó lo peor:
el mono se perdió.
No sabía volver otra vez.
Muy preocupado,
empezó a andar.

Dio muchas vueltas
y algunas volteretas
(para distraerse)
y en esto llegó a una ciudad.
Y vio a los señores,
y a las señoras,
y a las niñas y a los niños,
que iban
andando a «dos patas».
Ante esto,
el mono olvidó su pesar
y, loco de contento,
los empezó a imitar.

Y tan bien,
tan bien le salió,
que una señora despistada
lo confundió con su prima Alejandra.
   —¡Hola, Alejandra!
¡Te encuentro muy guapa!
—dijo la señora,
abrazando al mono.
   El mono la imitó
y la abrazó a ella también.
La señora se fue encantada.
   —¡Qué cariñosa
se ha vuelto Alejandra!
—pensaba.

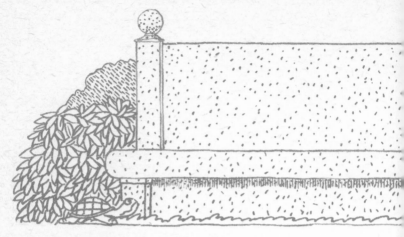

    Y andando, andando,
llegó a un parque.
El mono
entonces
no se pudo contener,
y de un salto
se subió a un árbol.
    En el parque
había un señor calvo
sentado en un banco.
    El mono,
al verle,
bajó del árbol
y se sentó en otro banco.

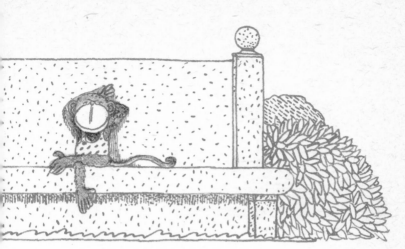

Y al poco rato
pasó por ahí Don Paco,
que, después de la comida,
volvía a la oficina.

—¿Eh?
¿Qué estoy viendo?
¿Un mono sentado en un banco?
—dijo todo asustado—.
¡A lo mejor es fiero!

Y Don Paco,
que era un poco miedica,
se dio la vuelta
a toda prisa.
   —¡Socorro,
socorro,
un mono!
—gritaba mientras corría.

Y el mono,
que le vio,
le imitó y echó a correr
detrás de él.
   Y así dieron muchas vueltas
por una plazoleta,
hasta que el mono
se cansó
y volvió al banco
a sentarse otro rato.

   Pero Don Paco
siguió corriendo
durante mucho tiempo,
pues tan nervioso estaba
que no se dio cuenta
de que el mono
había vuelto al banco
a sentarse otro rato.
   Y cuando,
por fin,
vio que ningún mono le seguía,
dejó de correr a toda prisa
y se fue
despacio
a la oficina.

—Eso del mono es muy raro
—se decía—.
Ha debido de ser una visión.
Cosas de la digestión.
¡No vuelvo a comer
perejil con jamón!
    Mientras,
el mono seguía en el banco,
descansando un rato.

Y pasó por allí una vieja
que todos los días
se daba una vuelta.
—Buenas tardes
—dijo la vieja al mono.
Y el mono la imitó
y dijo:
—Buenas tardes
—él también.

Pero no le salió muy bien,
porque eso de hablar
es una cosa muy difícil
para todo animal.
—Debe de ser alemán.
Se le entiende muy mal.
—se dijo la vieja—.
Pero, ¿qué digo?
Más bien tiene cara de chino.
Y, pasito a pasito,
se alejó despacito.

Entonces
pasaron por allí
Tere y Pepito.
　　—¡Mira, un mono!
—dijo Pepito.
　　—¡Y es muy mono!
—dijo Tere.
　　—¡Vamos a contárselo
a los demás!
　　—No, mejor será
que lo convidemos a merendar.
　　Tere y Pepito
se acercaron al mono
y le dijeron:
　　—¡Vente con nosotros!

24

    Lo agarraron
cada uno de una mano
y se lo llevaron.
    —¡Mamá,
traemos un invitado!
—dijeron al llegar.
    —¡Qué invitado tan raro!
—se dijo la madre.
    Estaba un poco extrañada,
pero pensó:
    «Tengo que ser hospitalaria.»
    Así que
preparó una buena merienda
y la puso sobre la mesa.

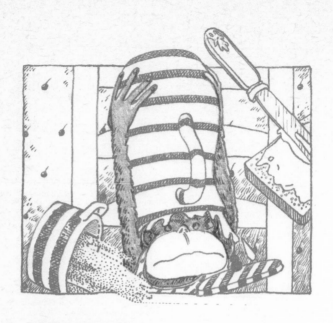

Tere y Pepito
empezaron a zampársela.
El mono los imitó,
¡y no sabéis cómo le gustó!
    Pero esta vez
no lo hizo muy bien,
pues untó la mantequilla
en el mantel.
    Luego,
tiró el azucarero
y se puso la jarra de sombrero.

Después,
cogió un pastel
y lo echó en el café.
Luego,
cogió la mermelada
y le untó una tostada.
La madre de Tere y Pepito
estaba pasmada.
Pero Tere y Pepito
estaban muy divertidos.

Después de merendar
se pusieron a jugar.
Y, aunque parezca mentira,
el mono
aprendió
enseguida
el dominó.
Y también jugó a la oca
y a la pelota.

Pero se equivocó,
y jugó a la pelota con la oca
y a la oca con el dominó.
¡Y lo bueno fue que ganó!
Y lo malo, que,
al tirar la oca
creyéndose que era la pelota,
la rompió.

Pero Tere y Pepito
le perdonaron,
y el mono,
en agradecimiento,
dio un salto
y rompió un tarro.

Como el tiempo pasaba
y el mono no se marchaba:
    —¡Qué le vamos a hacer!
—dijo la mamá
de Tere y Pepito—.
Se quedará a cenar también.
    Así que
hizo sopa y croquetas
para tres.

Al mono,
luego,
le puso un babero
y le dijo
que se lavara las manos
en el cuarto de baño.
Pero
como no le entendió
muy bien,
el mono, en vez de las manos,
se lavó los pies.

Después,
cogió la cuchara al revés.
Metía el mango en la sopa,
luego lo chupaba,
pero no sacaba nada.

La madre de Tere y Pepito
que lo vio,
le enseñó.
Y el mono aprendió.
Pero el vaso
lo puso boca abajo,
y con el tenedor
empezó a tocar el tambor.

Las croquetas
las masticó
con la boca abierta.
  Luego,
bebió agua
directamente de la jarra.
  La madre de Tere y Pepito,
otra vez estaba pasmada.

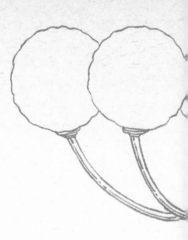

Mas,
como ya habían acabado,
fue a la cocina
por el frutero
y lo llenó por entero.
Había manzanas,
melocotones,
naranjas,
peras... y
¡¡¡bananas!!!
El mono, al verlas,
se puso tan contento
que dio un brinco
en su asiento.

Luego,
para comerlas más a gusto,
se colgó de la lámpara
como si ésta
fuera una rama.
La madre de Tere y Pepito
cada vez estaba más pasmada.
Pero Tere y Pepito
cada vez estaban
más divertidos.

Por fin acabaron de cenar.
Como el mono no se marchaba,
la madre de Tere y Pepito
pensó:
    «¡Qué le vamos a hacer!
Se quedará a dormir también.
Yo creo
que lo adoptaré.»
    Y es que la madre
de Tere y Pepito
tenía muy buen corazón.
El mono la abrazó.
Yo creo
que lo comprendió.
    Al mono
le probaron un pijama.

    —Un poco grande
—dijo la madre—.

Sobre todo de las mangas.
Por esta noche valdrá,
pero antes de acostarse
tendrá que bañarse.
   Abrieron los grifos.
   «Clo, clo, clo»,
hacía el agua.
Al mono
no le gustó nada.
   «¡No me irán a meter ahí!»,
pensaba.

La bañera
cada vez estaba más llena.
Y el mono,
cada vez más asustado.
    Por fin,
la bañera se llenó.
La madre de Tere y Pepito
quiso coger al mono,
pero éste se escapó.

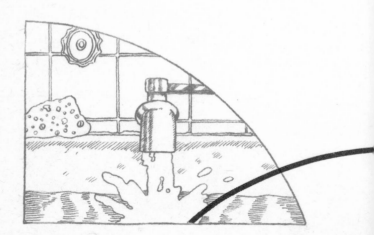

Abrió la puerta
y bajó corriendo
las escaleras.
    Llegó a la calle
y por ella se paseó,
jugando a ser un señor.
    Pero,
como estaba muy nervioso,
le salió muy mal.
Se notaba mucho
que era un animal.

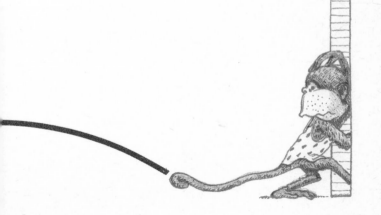

Unos chicos lo miraron y:
—¡Un mono! —gritaron.
Don Paco,
que estaba esta vez
sentado en un café,
salió a todo correr,
y tiró su licor
encima de un señor.
Pero todos los demás
rodearon al mono
con gran curiosidad.
Una señora con una boina
le hizo una fotografía,
y se alejó muy divertida.
Pero un señor
con muy mala idea
decía
que se lo iba a llevar
de regalo a su suegra.

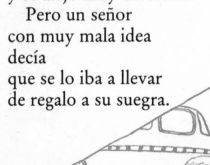

El pobre mono
lo estaba pasando fatal;
pero fatal de verdad.

Y mientras...
Hacía tiempo
que mamá mona
no veía a su hijo
colgado de ninguna rama.
—Es muy raro
—se decía.
Miró por todas partes
y, como no lo vio,
salió a buscarlo.

    Enseguida
reconoció sus huellas
marcadas en la tierra.
    Y, siguiéndolas,
siguiéndolas,
llegó a la ciudad.
    —¡Qué lejos se ha ido
este chico!
Cuando lo encuentre,
se la va a ganar.
    En la ciudad,
como no había tierra,
era mucho más difícil
seguir las huellas.
    Pero la mona,
a cuatro patas,
logró verlas
dibujadas.

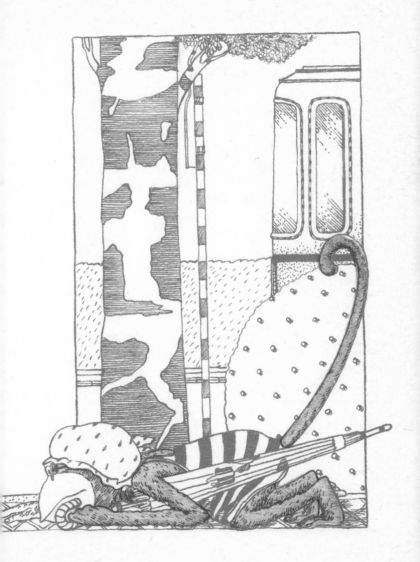

El olfato
también le ayudó:
—Por aquí
ha pasado mi mono,
por aquí no.
La gente,
al verla tan agachada,
pensaba:
«¡Qué cosa tan rara!»

La mona llegó al parque,
y luego a casa
de Tere y Pepito,
donde le abrió la madre.
La mona,
que estaba muy nerviosa,
les chilló muchísimo
a los tres.
Revolvió la casa entera
y lo dejó todo al revés.
—¡Ay, ay, ay!
—decía la madre,

que todavía
estaba más pasmada
que lo había estado antes.

—¡Ja, ja, ja!
—reían Tere y Pepito,
que todavía
estaban más divertidos.

Por fin,
la mona se fue
por donde había venido.

—Aquí no está mi hijo
—se dijo.

    Y oliendo,
y olfateando y husmeando,
llegó
donde
estaba el mono.
¡¡Y la que armó!!
    —Íuuuuuuuuu —chillaba.
    La gente, asustada,
salió corriendo
en desbandada,
y el señor de la mala idea
se cayó
y le salió un chichón.

    La mona agarró a su hijo
y se lo llevó
muy lejos,
dando brincos y brincos.
    —Íuuuuuuuuu —chillaba la mona.
    —Úiiiiiiiii —chillaba el mono.

Y así llegaron
al sitio en donde vivían,
y el mono
volvió a colgarse
de las ramas.
Unas veces boca abajo
y otras boca arriba.

El tiempo pasó,
pero el mono no se olvidó
de su excursión.

Sobre todo se acordaba
de Tere y de Pepito,
de la madre y de la casa.

Llegó la primavera
y salieron muchas flores
en la pradera.

Y un día,
el mono hizo
un ramo muy grande
para llevárselo
a la madre.

Como había crecido,
ya podía
hacer largos recorridos
sin perderse ni caerse.

Así que, sin novedad,
llegó a la ciudad.
El mono iba muy tieso,
con el ramo contra el pecho.
Como era la hora
de la comida,
por la calle
no había nadie.
El mono
enseguida encontró la casa
y vio a Tere y a Pepito
asomados a la ventana.
El mono subió
la escalera de dos en dos.
Tocó el timbre
y la madre salió a abrirle.
La señora,
que tenía muy buen corazón,
al verlo se emocionó
y le dio un beso.
¡El mono
nunca, nunca, nunca
olvidó ese momento!

EL BARCO DE VAPOR

SERIE BLANCA (primeros lectores)

EL BARCO DE VAPOR